CHARLES BISTAGNE

POÉSIES

AUX PIEDS DU CHRIST,
MES FLEURS. — LA COQUETTE

COURONNÉES

Par la Société Archéologique , Scientifique
et Littéraire de Béziers.

Concours du 25 mai 1876 et du 10 Mai 1877.

MARSEILLE

TYPOGRAPHIE ET LITHOGRAPHIE CAYER ET Cⁱᵉ
Rue Saint-Ferréol, 57

1877

POÉSIES

CHARLES BISTAGNE

POÉSIES

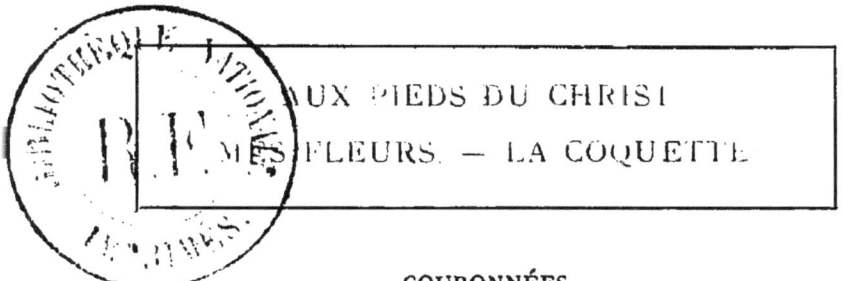

AUX PIEDS DU CHRIST
MES FLEURS. — LA COQUETTE

COURONNÉES

Par la Société Archéologique , Scientifique
et Littéraire de Béziers.

Concours du 25 mai 1876 et du 10 Mai 1877.

MARSEILLE
TYPOGRAPHIE ET LITHOGRAPHIE CAYER ET Cie
Rue Saint-Ferréol, 57

1877

AUX PIEDS DU CHRIST

ÉLÉGIE

—

Concours du 10 *Mai* 1877

. . . Et ma mère me légua son Christ.

Jésus ! divin gardien de mon toit solitaire,
Que mes douleurs, reflet de tes saintes douleurs,
Deviennent pour mon âme un baume salutaire !
Christ, dont les yeux mourants semblent me dire : Espère !
J'épanche dans ton sein mes regrets et mes pleurs . . .

Je ne la verrai plus sur le seuil de ma porte,
Lisant, le front rêveur, dans le livre de Dieu,
Ou bien filant le lin, comme la femme forte :
Une main dans mes mains, l'autre soir, elle est morte !
Je ne la verrai plus . . . — Ma bonne mère, adieu !

Que de nuits sans sommeil ! que de jours pleins d'alarmes
Ce bon ange a passés, jadis, à mon chevet ! —
Mères ! que vos baisers sont de puissantes armes
Pour vaincre nos douleurs ! qu'ils effacent de larmes ! —
Souffrant, j'étais heureux . . . quand ma mère vivait !

Alors ? . . . Combien de fois, entre deux quenouillées,
Ne m'a-t-elle pas fait ces récits merveilleux
Qui tiennent aux enfants les mines éveillées ? —
Doux riens qui font, l'hiver, le charme des veillées,
Et que les esprits forts nomment des « contes bleus ? »

Dans nos foyers bénis, alors, quelle allégresse !
Pour tous les malheureux implorant son appui :
Ses mains avaient de l'or, sa voix une caresse ;
Moi, j'avais tout son cœur, — ma plus belle richesse —
Son cœur, trésor d'amour que je pleure aujourd'hui ! —

Semblable au matelot, débris d'un grand naufrage,
Que la mer, tout meurtri, rejette sur ses bords,
Je suis demeuré seul sur ce morne rivage !
Accablé sous ma croix, sans penser, sans courage,
Mort parmi les vivants, je gémis sur mes morts ! —

Le printemps pour ta fête allait m'offrir ses roses,
Quand l'hiver, en fuyant, t'a couchée au tombeau !
Aux clartés d'ici-bas tes paupières sont closes ; . . .
Mais dans le sein de Dieu, ma mère, tu reposes :
Plus belle tu revis dans un monde plus beau !

Pour nous, enfants du Christ, la faucheuse éternelle,
La mort n'est plus la mort : c'est un ange béni
Qui, frayant un passage à notre âme immortelle,
Jusqu'aux pieds du Très-Haut l'emporte sur son aile ;
La Mort, sœur de l'Espoir, nous ouvre l'infini ! —

Oh ! viens ! viens donc sourire à ma douleur amère !
Exauce l'orphelin qui t'appelle à grands cris :
Mort ! laisse vivre en paix les heureux de la terre . . .
Moi, je veux dans les cieux aller revoir ma mère :
Viens me prendre comme elle, ô toi qui m'as tout pris !

MES FLEURS

IDYLLE

—

Concours du 25 Mai 1876

> Les fleurs sont le plus pur et le plus
> bel ornement de la terre.
>
> (V).

Que de doux pleurs, Aurore ;
Soleil, que de rayons
Il faut pour faire éclore
Ces riens que nous choyons :
Les fleurs — dont les corolles
Bercent ces têtes folles
Qu'on nomme papillons !

La fraîche Pâquerette,
Étoile du printemps,
Que d'une main distraite
On effeuille à vingt ans ;
Et sa sœur Marguerite
Que la pelouse abrite
Dans ses plis verdoyants !

La Violette bleue —
Cet agreste saphir
Qui, sur sa verte queue,
Tremble au moindre zéphyr ;

Le Volubilis frêle —
Cette cloche d'argent
Que, du bout de son aile,
La svelte demoiselle
Balance en voltigeant ;

Les Iris de Norwège,
Flottant sur les ruisseaux ;
Ce Bensia qui neige
Sur un doux nid d'oiseaux ;

Et l'Aubépine blanche —
Odorante avalanche
Qui tombe de la branche,
Sur le cristal des eaux !

Enfin, la fleur pourprée
— Reine de mon jardin —
Dont la mouche dorée
Hume le suc divin :
La Rose qui, charmante,
S'ouvre et se diamante
Sous les pleurs du matin . . .

Mais — image fidèle
De la beauté mortelle —
Malgré tous ses appas
La Rose ne vaut pas
Ce Lis qui, sur sa tige,
Avec tout son prestige
S'élève gracieux,
Et réjouit nos yeux . . .

Le Lis ! — beauté suprême —
Qui nous offre l'emblème
De la pureté même,
De la Reine des Cieux !

LA COQUETTE

—

Lu par M. le vicomte A. de MARGON, *rapporteur du Concours,*
à la séance publique de l'Académie de Béziers,
le 10 Mai 1877.

> Enfants ! n'enviez point notre âge
> de douleurs !
> (V. HUGO.)

« Tu n'as que cinq ans, Blondinette,

« Et comme moi, c'est inouï,

« Tu voudrais, petite coquette,

« Porter des bijoux ? » — « Eh bien, oui...

« Je voudrais être grande fille,

« Grande et belle comme ma sœur ... »

« — Pourquoi pas mère de famille ? »

Reprit l'aïeule avec douceur :

« Baronne ou duchesse, n'importe ?

« Vous auriez, madame, un blason

« D'azur et d'or sur votre porte,

« Vingt serviteurs dans la maison.

« Vous porteriez, comme marraine,

« Une robe à queue à froufrou ;

« A vos doigts des brillants de reine,

« Et des perles autour du cou...

« .Mais vos vingt ans, jeune baronne,

« Ne sont pas encor révolus :

« S'ils l'étaient, songez donc, mignonne,

« Que j'aurais, moi, quinze ans de plus ! —

« ... Ne sais-tu pas, quand je te gronde,

« Que le bon Dieu se fâche aussi,

« Et qu'il punit dans l'autre monde

« Ceux qui font mal en celui-ci ?

« Qu'un excès de coquetterie

« (Comprends-tu bien ce que je dis ?)

« Fait pleurer la Vierge Marie,

« Notre mère du paradis ?

« Ah ! comme toi, que de fillettes,

« Mon ange, ont souhaité, jadis,

« D'avoir de brillantes toilettes,

« Des colliers ornés de rubis,

« Et qui regrettent, à cette heure,

« Boudant leur miroir comme moi,

« L'âge d'innocence où l'on pleure

« Et l'on rit, sans savoir pourquoi !

« Ah ! que sans nul regret, ma chère,

« Je donnerais tous mes bijoux, »

Soupira la bonne grand'mère,

« Pour tes cinq ans et tes joujoux !

« Parfois, quand l'enfance nous quitte,

« L'ange gardien nous dit adieu ...

« Réjouis-toi d'être petite :

« Les petits sont grands devant Dieu ! »